詩集　たたかいごっこ

小泉 周二

詩集　たたかいごっこ

小泉周二

目次

第一章

第二章

第三章

第一章

成長

お母さんのお腹の中で
さかさまになっていた赤ちゃんは
生まれてきたら
横になって寝る

横になってじっとしていた赤ちゃんは
ごろりんと寝返りをうつ
寝返りをうって
腕を突っ張って

斜めになる
寝返りをうった赤ちゃんは
はいはいをして
前へ進む

高いところに届きたくなった赤ちゃんは
ひょいと立ち上がり
縦になる

反抗期

そらくん　かわいくないよ
と　突然言う
そらくん　かわいくていいじゃないか
と　言うと
そらくん　かわいくないんだよ
と　言い返す

そらくん　まだきみは二歳なんだぜ

ファンタジー

パパ　かきごおり　つくって
と言うので
はい　いちごとメロンとレモン　どれがいいと聞くと
うーん　あかいの
と言う

はい　いちごですね
カシャカシャカシャカシャカシャ　シロップ　ジャー
はい　どうぞ

両手の平をおわんにして差し出すと
片手でつかんで自分の口に持っていく
おいしい
と聞くと
あまーい
と答える

パパ　パン屋さんに行ってくまさんのパン買ってくるから待って
てね
と部屋を出ていく
はい　気をつけてね
と送り出す

ドンドンドンと足音が遠ざかり
ドンドンドンと足音が近づいてくる

ただいまー
お帰り　早かったね
と言うと
パン屋さんおやすみでくまさんのパン買えなかったの
と言う
うーん　そうだったのかあ

かくれんぼ

美空はひとりで
もういいかい　まあだだよ
を繰り返し
部屋の隅のタンスにへばりついている
それから
パパ　そらくん見つけてよ
と言う
頭もおしりも全部丸見えなのだけれど
美空はタンスに溶け込んでいるのだ

そらくん　どこだ　どこだ
あ　こんなとこにいたのか
見いつけた
と頭と顔をなでてあげると
キャーッと言って喜ぶ

習慣

美空は絵本をたくさん枕もとに運んでくる
ママ　これとこれとこれ読んで
もう眠くなったママがなんとか読み終えると
パパ　読んで
と僕のところへ持ってくる
僕は
パパ読めないから　そらくん読んでね
と言ってページをめくる
美空は

あ　アンパンマン
い　イブニングドレス
う　ウインナーソーセージ
と読んでいく
読み終えた美空に
はい　きょうはこれでおしまい　ねんねしようね
と言うと
ママか僕のふとんに入る
そしてしばらくおしゃべりをすると
スースーと寝息をたてはじめる

隠す

どこかに置き忘れたポケットラジオを探していると
突っ立ってる美空に触れた
美空は何も言わないでただじっとしている

そらくん　どうした

と体を触ったら
後ろに組んだ手の中にポケットラジオがあった
美空はいたずらっぽい顔で僕を見ていたに違いない

許してくれない

きのうもおとといも聞いたのに
美空はまたきょうも聞いてくる

パパ　黄色いチューリップ　どうしたの

パパがね　まちがえてちらしちゃったんだよ

伸びた雑草を抜いたときに
いっしょに花びらをむしってしまったらしいのだ

毎日美空は同じことを聞いてきて
毎日僕は同じように答える
美空は黄色いチューリップが好きだったのだ

とらまめ

美空はそらまめが好きだ
なぜかそらまめをとらまめと言う
庭で美空と遊んでいたら
とらまめ
と教えてくれた
どこ
と聞くと
僕の手に触れさせてくれた
そこにはシャクヤクの丸いつぼみがあった

そらくん
これはシャクヤクのつぼみだよ
ピンクの花が咲くんだよ

今度とらまめまた食べようね

目が見えないということ

目が見えないということは
耳を澄まして聞き分けているということ
目が見えないということは
鼻を開いて嗅ぎ分けているということ
目が見えないということは
柔らかい舌で味わうということ
目が見えないということは
探り当てる喜びを持つということ

無題

どう考えても
僕は間違っていないのだけれど
あの人は僕が悪いと思っているらしい

シクラメンに触ったら
葉っぱがちょっぴりしおれていた
久しぶりに水をやる

僕はいやなやつだろうか

見たい

青い空も白い雲も
見えなくていいから
あなたの顔が見たい
僕の言葉が叩いて曇らせたあなたの顔が見えたら
僕はもっと優しくなれるから

赤い花も緑の葉も
見えなくていいから
あなたの顔が見たい

僕の言葉にくすぐられほころんだあなたの顔が見えたら
僕はもっと明るくなれるから

朝

始まった
またきょうが始まった
辛いきのうはあったけれど
太陽は昇り僕は目をさました

首うなだれたヒマワリが種子をいっぱいつけている
横たわっていたコスモスがゆっくりと起き上がる
僕だって
僕だって

きっと元気になってやる
また朝がきて
きょうが始まった
始まった

秋

伸び放題のミニトマトを引き抜いた
耕して堆肥を入れた土の中に
チューリップの球根を埋める
新しくなった土の上には何もない空がもどってきた
寒さで目覚めるチューリップは
まだ見ぬ空にあこがれてわくわくするのだ

あいうえお

びっくりしたよね　あ
おなかの中には　い
岬を飛んでる　う
上手に描けたね　え
しっぽのことだよ　お
ぷーんと飛んできた　か
のぼると楽しい　き
八の次だよ　く
頭の上には　け

おとなじゃないのは　こ
引き算の答えは　さ
お口に指あてて　し
飲んだらすっぱい　す
胸の後ろは　せ
赤ちゃんのほっぺに　そ
稲がのびるよ　た
からだをめぐって　ち
口とんがらせ　つ
しっかりにぎろう　て
きちんとしめるよ　と
黄色い花だよ　な
前歯を磨くよ　に

突然出てくる　ぬ
草木が生えてる　の
お口の中には　は
真っ赤に燃えてる　ひ
ろうそく消したよ　ふ
おふろぶくぶく　へ
ああよかったよ　ほ
母さんあきれて　ま
お花のあとには　み
じーっとだまって　む
春にはのびるよ　め
池の中には　も
ヒューンと飛んでく　や

ぐらぐらわいてる　ゆ
気軽なあいさつ　よ
おどろかしちゃうぞ　わ
ライオンほえてる　を
考え込んでる　ん

サザンカ

遅い台風が行ったら
サザンカが咲き出した
まだ早かったかなと控えめな香りだけれど
僕もミツバチもうれしくて近くに来ちゃったよ

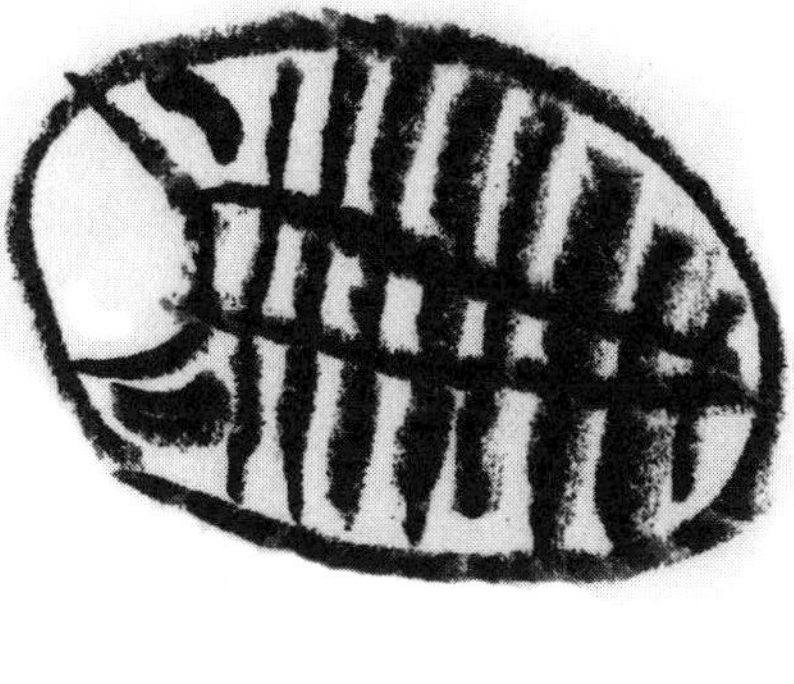

夏

にゅうどうぐもが　かみなりのじゅんびをしているよ

第二章

優しい人

テレビを見ていたママが
眠くなっちゃった
と言ったら
ダダダダとかけていって
よいしょよいしょと
掛け布団を運んできた
ありがとうとママが笑う
もう寝ようかと寝室へ行くと
ロボットといっしょに寝る

と言って
段ボールで作ったやつに掛け布団をかけてあげた
自分は敷き布団からはみ出してカーペットの上に
横になっている

お月見

お昼ごろ和菓子屋をめぐったけれど
おだんごはどこも売り切れていたので
スーパーで買って帰った
夕方になると美空が
パパ　縁側でお月見しよう
と言う
お月様　縁側と反対側だよ
いいんだよう
美空はおだんごを持ってきて

そらくんは黄色の五個　パパは赤いのと白いの一個ずつね
パパ　お酒はどうかな
は　はい　んじゃいただきます
そらくんはお水でいいよ
お酒とお水を持って縁側に出る
美空が
わあ　お星さま出てる　星月見だ
お庭にすすきみたいな草も出てるよと言う
お酒とお水で乾杯して
お星さまを仰ぎながらおだんごを食べた

お店屋さんごっこ

ウレタンマットをたたんで立てかけておくと
美空はそのかげに入って
お店屋さんごっこを始める
焼き鳥屋さんですよ
何がいいですか
じゃあ　つくねください
はい
美空は小さいボールを持ってきて
わあ　おいしそう　あぐあぐ

次は何がいいですか
じゃあ　ねぎまください
あ　ねぎまは売り切れました
え　じゃあ　なんこつください
はい　なんこつですよ
なんだか紙の切れ端を持ってくる
あぐあぐ　おいしいなあ
今度は何にしようかな
焼き鳥屋さんはつぶれました
今度はおすし屋さんですよ

否定形

ふざける美空を押さえつけて
まいったか
と言うと
まかない！
と叫ぶ

一人でへそを曲げているので
そらくん　おいで
と言うと

おがない
と　すねる
どこかで聞いた山口弁のまねをして
おいでませ
と言うと
おいでません
だって

人間

小さなあくびも
大きなおならも
僕はちゃんと聞き届けたぞ

きみが大きくなって
どんなにおすまししても
僕は絶対忘れない

いのち

オミズノコトガホシインダヨ

寝返りをうった美空が
わけのわからない寝言を言って
また寝息を立て始める

三歳八ヶ月
身長九十四センチ
体重十五キロ

いま僕にとっていちばん愛しいいのち

かくれんぼ

パパは見えないから
と僕が言うと
そらくんがかくれるところをさがしてあげるから
と言う

美空は僕の手を引いて植え込みの所に連れて行く
ここにかくれてね
と言って
少し離れた所から
もういいかあい

もういいよう
と言うと
そろそろ歩いてきて
見いつけた
ああ　みつかっちゃった

今度はそらくんがかくれるからパパはすべりだいでねててね
僕をすべりだいの所まで引っ張っていって
どこか離れた所へ行ってしまう

もういいよう
と声がする

杖を突いて声のしたほうへ歩いて行く
違うほうから
こっちだよう

どこだどこだ
と寄っていくと塀の陰で息をころしている美空にさわる
見いつけた
ああ　みつかっちゃった
美空がひゃあと笑う

たたかいごっこ

押されてタンスに頭をぶつけたので
いてえと言って倒れたら
そこに美空の恐竜のおもちゃが並べてあって
ガシャーン
なにするんだよお
と言うので
パパとおもちゃとどっちが大事なんでえ
と言うと
はんはんだよ
だと

まる
ぼう
さんかく
ぼーる
しかく
はな
こいのぼり

経る

苦しいことを経るから楽しいことが来るんだって
だけど
苦しいのはいやだもん
そう
だったら立ち止まればいい
立ち止まって休んでまた歩き始めればいい
大丈夫
立ち止まってもそこに沈んでいったりはしない
しゃがんで一息ついて

また立ち上がって歩き始めればいい
苦しいことを経たら
きっと楽しいことにたどり着くんだって

自然

花が咲くのは
ヒトが見ているからじゃない
鳥が歌うのは
ヒトが聞いているからじゃない
ヒトがいてもいなくても
花は咲き鳥は歌う
だから僕も

だれかのためじゃなくて
自分のために生きよう
自分のために食べて
自分のために寝て
自分のために歩いて
自分のために好きになろう
だれも見ていなくても
自分のために笑おう
誰も聞いていなくても
自分のために歌おう

たたむ

あなたが洗濯物をたたんでいる
ただひたすらに黙々と

きちんと折りたたんできれいに重ね合わせて
自分のものも僕のものも美空のものも
下着も上着も黙々と

何か大切なものもいっしょにたたんでいるように

あなたが洗濯物をたたんでいる
ただひたすらに黙々と

夢（一）

丸くて白くて手のひらに載るぐらいの平べったいガラス
駄菓子屋に売っていた
石けりの石の代わりのガラス
暗い緑色のはよくあったが
白いのは初めて見た
僕にはそれがとてもまぶしく見えた
毎日その店に入っては
その白いガラスをちらちら見ていた
ある日　店に入ると誰もいなかった

僕はそのガラスを盗った
手のひらに載せるとひやっとした
僕はそれを急いでポケットに入れた
そして　そっと店を出た
辺りには誰もいなかったけれど
僕の頭はくらくらして
それから僕はずっと怯えている

夢（二）

小さい神社の境内にサーカスが来て
となりに見世物小屋が建った
「世界の話題 医学の謎」の蛇女が中にいるのだ
お代は見てのお帰りだよ
行列に押されて僕は中に入った
ポケットにお金はなかった
押され押されて進んでいったが
僕にはカーテンしか見えなかった
出口まで押されていってもじもじしていると

誰かがどんと背中を押した
僕はそのまま小屋を出て走った
誰も追いかけては来なかったけれど
それからずっと嫌な気持ちがついてきて離れない

赤ちゃんのたいこ

歩き始めた赤ちゃんの
鳴らすたいこはゆかだいこ
トントントントントントコトン
歩けた歩けたうれしいよって
小さな足で響かせる

歩き始めた赤ちゃんの
たたくたいこはゆかだいこ
ドンドンドンドンドンドコドン

歩ける歩けるうれしいよって
小さな足で踏み鳴らす

卒園

ぼくたちいっしょに小学校に行こう
サクラの木のまわりでおにごっこをしよう
わっと開いたチューリップの花に顔を入れよう
ビッグヒマワリの顔をくすぐろう
あめ色のセミのぬけがらを見つけよう
パラパラ落ちてくるドングリでぼうしをいっぱいにしよう

キンモクセイの花を集めておままごとをしよう
ふかふか落ち葉のプールにとびこもう
ぼくたちより大きいゆきだるまを作ろう
ぼくたちずっといっしょにいよう
ずっといっしょに遊ぼう

海の四季

さよさよ　さよさよ　さよさよさ
静かに寝息を立てている
とろんとした春の海

ろろろん　ろろろん　ろろろんろ
でっかい声で歌ってる
ぱっとした夏の海

ささあ　ささあ　さささあさ

思い出話が続いてる
しんとした秋の海

ごごごお　ごごごお　ごごごおご
誰も来るなと叫んでる
どんとした冬の海

空

空が見ているから
僕も空を見上げる
ただそれだけ
ただそれだけで
僕は幸せ

第三章

好きな色

ママはなにいろがすきですか？
ママは　そらくんがすきです
えーっ！？　そらくん　はだかんぼうになったら
はだいろだよ

パソコン

美空が段ボールの箱で何か作っている
何作ってるの
と聞くと
パパ　さわってごらん
パソコンだよ
と言う
ディスプレーがあって
ちゃんとキーボードも付いている
じゃあ書斎へ行こう

僕が本物のパソコンのキーを叩くと
美空は
ちゃぶ台の上に置いた自分のパソコンのキーボードをコトコトと
叩く
もう終了するよ
と言うと
いいよ
と言う
僕が最後のキーを叩くと
美空も最後のキーをコトンと叩く

反対語

テレビでクイズをやっている
「いれもの」の反対語はなんでしょう？
美空「のもれい」
パパ「なかみ」かなあ
答は「なかみ」でした
「たましい」の反対語はなんでしょう？
美空「いしまた」

パパ「からだ」かなあ
答は「からだ」でした

おかえし

誕生日のお祝いをした後　美空が
四角いケーキってないの？
と聞く
モンブランとかショートケーキとかあるでしょ
と答える

子供部屋に行った美空は
段ボールの箱を出してきて何か作り始める
パパ　ここにこんなふうにろうそくをたてていってね

と箱の上に僕の手をもっていく
折り紙で作った平べったいろうそくが三本立ててある
何本立てればいいの？
まわりにたてられるだけね
手探りでろうそくを作ってセロテープで立てていく
できたよ
と言うと
じゃあ　マッチで火をつけてね
美空は折り紙で作ったマッチを僕に手渡す

はい　つけたよ
ティッシュで作ったクリームをのせて
美空はデコレーションケーキを茶の間に運んでいく

ママの
わあ　ありがとう
という声が聞こえてくる

切り株掘り

パパ　きこりさんやろう
と言うので庭に出る

美空は小さい木の切り株を掘り起こしたいのだ
物置からシャベルとのこぎりを持ってきて
そらくん　ここほるから　パパ　ここきってね
とのこぎりを渡す
掘るのに飽きると
そらくん　ここきるから　パパ　ここほってね

とシャベルを渡す
太い根っこ細い根っこが出てきて
なかなか手ごわい

日が暮れてきたので
きょうはこれくらいで勘弁してやるか
と言うと
うん
と言う

冬休みの間
何日も繰り返して
大分穴も深くなった日

二人で引っ張ると
バリバリと音がして切り株は抜けた
バンザイをして
やれやれと思っていたら
美空が
パパ　こっちにもきりかぶあるよ！

雪かき

珍しく雪が積もった
美空と表に出る
そらくん　雪ダルマ作ろう
と僕が言うと
雪かきをすると言って
物置からシャベルを引きずってくる
僕は雪ダルマを作る
美空は玄関先の雪をかく

ママが顔を出して
そらくん　すごいね　ありがとう
と言う
美空は雪かきを続ける
そらくん　雪ダルマできたよ
と言っても
こちらには目もくれず
道路のほうまで行って雪をすくっている

美空へ

君の笑い声は僕の青空
君の驚きは僕の太陽
僕はいつもまぶしく君を見上げている

七歳半

公園に行けば
相変わらず
知らない子に
遊ぼう
と声をかけて
遊び始める
時間がきたからとうながすと
バイバイと別れてそれきりだが
それでもいいらしい

学校では木曜日の図工の時間がいちばん楽しい
と言いあとは面白くないと言うが
友達とも適当に付き合い
病気と旅行以外の日はなんとか学校に通っている
韓国のりと揚げ餃子ともちと蜂蜜をぬった食パンが好きで
肉や野菜は苦手で
おかずを作るママを困らせている
そうかと思えば
パパがママに近づくのを警戒する親衛隊になり
パパを困らせている
美空七歳半
身長百二十三・五センチメートル
体重二十五・六キログラム

洗面台の前の踏み台が
いらなくなった

ランキング

美空が
ママの好きな人ベストスリーを
教えてあげる
と言う

三位　パパ
二位　スマップ
一位　ぼく

スマップの
ライオンハート
のようにはいかないよねえ

八歳半

ママの味方になって
そんなこと言っちゃだめだろ
とパパをたしなめる
ハチとアゲハチョウは苦手だが
カナヘビやダンゴムシをつかまえて遊んでいる
大工さんから木っ端をもらってきて
ボンドでくっつけて
飛行機のようなものや
剣のようなものを

作っている
サンタさんには
ラジコンカーを頼むと言う
パパといっしょに
テレビの水戸黄門を見るようになったが
偉くてお金持ちだから
水戸黄門になりたいと言う
楽しいことばかりかと思えば
突然なにもかもいやだと泣いて
応接間に閉じこもる
美空八歳半
みかんの皮がお花のようにむけるようになった
身長126・2センチ

体重27・8キロ
いがぐり頭が
僕のあごをくすぐる

たいくつ

ぎゅっぎゅっぎゅっと時間をつぶす
こぶしを握って時間をつぶす
どんどんどんと時間をつぶす
足の裏で踏んづけて時間をつぶす

手の中から
足の下から
たいくつよどこかへ逃げていけ

伸びをする

とどくかな
とどくかな
あの雲まで
とどくかな
この腕が
ぐんぐん伸びて
あの雲まで
とどくかな
手のひらがさわったら

ふわっとするかな

とどくかな
とどくかな
あの星まで
とどくかな
この腕が
ぐんぐん伸びて
あの星まで
とどくかな
指先がさわったら
ちくっとするかな

四季

春はゆらゆらと
夏はううむと
秋はすっくと
冬はおりゃあと

サザンカ

冬だから咲いているよ
ほおらね
こんなにいい香りもするんだよ
夜だって匂ってくるよ
春はまだだけど
冬もいいもんでしょ

がんばっぺ

がんばったって
できねえごどもあるよ
がんばったって
どうにもなんねごどもあるよ
んでも
がんばっぺ
なんだがわがんねげど
がんばっぺ

ギンモクセイ

熱を出して寝ていたら
僕のお嫁さんが
ギンモクセイの苗を買ってきてくれた
頼んだわけではなかったけれど
前に僕がギンモクセイを欲しいと言っていたのを
覚えていて買ってきてくれたのだ

キンモクセイはよくあるけれど
ギンモクセイは見たことがなかった

庭の隅に植えて
僕たちの子供が生まれて
八年たった今年
優しい香りがやってきた

生きていく

これからどれほど生きていくのか
これでもかこれでもかと
困難は襲ってくる
がんばってがんばって払いのけても
襲ってくるぞ
それでも
生きていくのか
空があるから
星があるから

海があるから
あなたがいるから
そして
みんながいるから
いいえ
僕一人になったって
なんでもかんでも生きていく

日曜日

妻は水回りなどを
美空はおもちゃの片づけを
僕は庭の草取りを
空は青空
ギンモクセイも香っていて
我が家は平和みたい

反省
――あとがきに代えて――

高校一年生の時
三日に一回
二の腕に注射をされていた
カタリンというオレンジ色の液体だった
治らないはずの目の病気だというのに

腕の痛みと
心の痛みに攻められた

飲み薬もたくさん飲まされた
アダプチノール
ビタメジン
ハイボン

注射は減っていったけれど
飲み薬はずっと続いた
四十過ぎまで失明しなかったのは
そのおかげだったのか
どうなのか

眼科を何か所も巡り
ずっと信じていた先生に

もうあきらめたほうがいいと言われ
痛みから解放された

ニヒルな気持ちに負けて
優しい人たちを傷つけた
でも
どこかに光があるのだという思いは消えなかった
見捨てずにいてくれた人たちに支えられて
ここまで来た
気が付いてみると
それほどぼろぼろでもない自分がいる

解説ごっこ

藤田のぼる（児童文学評論家）

1

小泉さんの新しい詩集『たたかいごっこ』の解説を書いてくれないかと言う。小泉周二は一番好きな詩人だし、古いつきあいでもある。なにしろどちらも一九五〇年の早生まれで、同じ年だ。詩については門外漢ではあるが、まあ素人の気楽さもある。「解説」にはならないだろうけれど、ファン的読者としての感想を書けばいいのだ、と自分に言い聞かせて、引き受けさせてもらった。

ただ、ちょっとためらいもあった。小泉さんは個人誌というか、年に一回、冊子型の私家版詩集を作って、送ってくれる。そして、このところ、僕は必ずしも小泉詩集のいい読者ではなかった。この詩集を読めばわかることだが、小泉さんは四十代で失明し、六十歳を前にして結婚、そして美空君が生まれた。友人としてはこの上なくうれしいできごとだが、以来小泉さんの詩には、妻である純子さんが、そして美空君が度々登場する。それをどんなふうに読んだらいいのか。「良かったね」では、詩の感想にならないのだが、どうしてもそういうふうに思ってしまうのだ。

ところが、新しい詩集のタイトルが「たたかいごっこ」というのだと知って、なんだか書けそうな気がした。児童文学にある程度通じた人なら、ここから今江祥智の『優しさごっこ』を連想するだろう。小泉さんがそれを意識したかどうかは知らないが、『優しさごっこ』は、離婚した父と娘の暮しを描いた作品で、それを「優しさごっこ」と表現したセンスにはやはり感心させられる。そして、この間の生活を、その中での様々な思いを「たたかいごっこ」という言葉に凝縮させたのは、紛れもなく詩人・小泉周二の世界だと思った。周囲とのたたかい、愛する家族とのたたかい、自分とのたたかい、自分の過去（おもいで）との、自分の現在（いま）との、そして自分の未来（これから）とのたたかい、すべては真剣勝負であり、だからこそ「ごっこ」なのだ。こういうある種の二律背反、あるいは微妙なかわし方が、小泉周二の世界なのだ。

2

小泉周二は、前述のように一九五〇年二月に茨城県の海沿いの町に生まれ、茨城大学教育学部卒業の後、小学校の教員、そして中学校の教員を長く務めた。以下は、「現代児童文学詩人文庫」シリーズ（いしずえ）の第9巻として刊行された『小泉周二詩集』（二〇〇四年）収載の「小泉周二のホームページより抄録」などに拠るが、詩との出会いは、中学生の時に教科書で出会った三好達治の「雪」だという。そして15歳の時、先天性の難病「網膜色素変性症」と診断され、将来失明の可能性が高いと告げられる。「抄録」には、〈父や母の苦しみを思うと、僕は自分の苦しみを父や母にも伝えることができませんでした。だれにも伝えられなかった僕は自分の不安や悲しみや苦しみをノートに閉じ込めることによって自分を安定させようとしました〉〈僕が詩を書くようになったきっかけはこのようなことでした〉と書かれている。

しかし、小泉周二の初期の作品群からは、そうした苦悩を感じ取ることはむしろできにくい。彼の第一詩集『海』（一九八六）に収められた、僕の大好きな「ちゅうもん」「平泳ぎ」など、良質なユーモアにあふれている。一方で、いくつかの小学校国語教科書に掲載され、小泉周二の詩の中でも良く知られた詩の一つであろう「水平線」などは、ややトーンが違っている。

水平線がある／一直線にある／ゆれているはずなのに／一直線にある／／水平線がある／はっきりとある／空とはちがうぞと／はっきりとある／／水平線がある／どこま

でもある／ほんとうの強さみたいに／どこまでもある

海は、そして水平線は、誰が見ていても、あるいは誰が見ていなくても、厳然とそこにある。その存在の絶対性に圧倒されているようで、しかしそれを見つめ、「水平線がある」と念じている自分だって、確かにここにいるぞという密やかな自己主張。その微妙なバランスが「ほんとうの強さみたいに」というフレーズに凝縮している。そしていささか先走るが、己を賭けた真剣勝負を「たたかいごっこ」と表現した小泉周二の言葉に対する感覚も、その延長線上にあるように感じられる。

僕は先に小泉周二の詩のキーワードとして「二律背反」と書いたけれど、実はすぐれた詩というものはたいていがそういう要素を抱えこんでいるのかもしれない。言葉の無力さ、あるいは無意味さと向き合いつつ、それでも言葉を使って感じたり、考えたりすることの喜び、あるいは切実さ。そうした詩の魂のようなものに、小泉周二は十五歳の時に出会った。〈太郎を眠らせ、太郎の屋根に雪ふりつむ／次郎を眠らせ、次郎の屋根に雪ふりつむ〉——ここから、『たたかいごっこ』まで、途切れ途切れのようでいて、確かな線がつながっているではないか。

3

本詩集『たたかいごっこ』は、小泉さんにとって七番目の詩集となる(他に、前掲の選集や、詩の絵本、そしてエッセイ集がある)。一つ前の詩集『小さな人よ』は二〇一〇年、つまり彼が六十歳の時に出され、純子さんとの結婚、美空君の誕生までの時期がカバーされている。最後に置かれた「靴下」は、美空君の小さな小さな靴下がモチーフである。

二つ並んで洗濯バサミにつままれている/僕の親指ほどの小さな足を温めていたもの/当分靴ははかないのだけれど/このちっぽけな袋の呼び名はもう靴下

さて、この赤ちゃんがどんどん大きくなる。その十年間が『たたかいごっこ』の時間である。例えば「かくれんぼ」、例えば「習慣」。気がついたのは、これらが現在形で書かれていることだった。これは普通のことだろうか。多くの場合、「パパ　読んで/と僕のところへ持ってきた」「そらくん読んでね/と言ってページをめくった」というふうに、過去形で表現されるのではないだろうか。これは場面を再現する技法として現在形が使われているということもあるだろうが、詩人が目で見ているのではなくて、心で情景を見ているということを表しているようにも思える。そして、そうした場面と言葉の関係性は、次の「隠す」の最後の行の「美空はいたずらっぽい顔で僕を見ていたに違いない」というフレーズで、むしろ表現の有効性に転換する。ここで僕などは、先にあげた「ちゅうもん」の最後の行「天ぷらそば一ぱい」を思い出す。どちらの一行も、小泉さんは「してやったり」といたずらっぽい顔で書いたに違いない。

美空君はどんどん言葉を獲得していく。「優しい人」「お月見」「お店屋さんごっこ」など、ホームドラマの一コマという印象だが、父親と息子の関係性がどちらが主導という感じでもなく、だから「お酒とお水の乾杯」も、どちらかがまちがっているわけではなく、二人の時間でもあるが、それぞれの時間が豊かに流れている。小泉さんにとっては、普通の親子以上に（という言い方は語弊があるかもしれないが）言葉は有効な、大切なコミュニケーション手段である。言葉と長く付き合ってきたことが、こんな形で報われるという事態は、多分小泉さんにとって想定外だったろう。同時に、もしかしたら、美空君の成長とともに、言葉の無力さをも感じざるを得ない日々だったかも知れない。見当外れかもしれないが、「自然」「空」といった詩には、そうした心情が反映されているようにも思える。それでも小泉さんの日常は、基本的には喜びの日々だったろう。「夢」と題された二つの詩は、むしろ「本当に今の時間が続くのか」という、幸福故の不安感のように感じられる。「卒園」が幼稚園のことなど一言も書かれてなくて、これからの小学校だけのことで埋め尽くされているのもおかしかった。きっと幼稚園の日々はいろんなことがありすぎて、いろんな思いがありすぎて、こんなふうにしか書けなかったのだ。

そして、「たたかいごっこ」である。その一つ前の「かくれんぼ」も、ある意味「かくれんぼごっこ」のようでもあるが、「たたかいごっこ」はしようとして始めたわけではなくて、突発的に起こったできごとである。「パパとおもちゃとどっちが大事なんでえ」という台詞は、結構本気な台詞だったかもしれない。それに対する「はんはんだよ」という答。子どもは本当にとっさにこういう気の利いたことをいう。これを聞いて、「なにっ、おれとおもちゃが半々だと！」と怒る父親はまずいない。苦笑ながらも納得である。そのできごとを小泉さんは、小泉周二は「たたかいごっこ」と名づけ、詩集のタイトルにした。

冒頭に書いたように、今江祥智の『優しさごっこ』は、妻と別れた父親の側が一人娘を引き取り、その二人の生活のあれこれを描いた作品である。離婚の児童文学作品など今は珍しくもないが、この作品が出版された一九七七年当時では、その題材故に話題になった面もあるが（確かＮＨＫテレビでドラマになった）、僕は「優しさごっこ」というタイトルに惹かれた。そしてそのタイトルの意味を改めて考えることになったのは、僕自身が離婚の後の五年半、息子と二人の生活を送る羽目になった時だった。

「ごっこ」というのは、本当ではない、本物ではない、といった意味だろう。本当なら、母親もいる生活。これが母親と子どもという組み合わせならかなり本当に近いかもしれないが、父親と子どもというのはなんだか本当っぽくない。まわりがそう思うだけでなく、自分でもなんだかそんな気がするのだ。ただ、正直なところ、だからこそ「がんばってるな、おれ」と思うことができる。それは男の甘えかもしれないが、やはり自分を多少はほめてあげないと、なかなかやっていけないのだ。僕は「優しさごっこ」をそんなふうに受け取った。

「たたかいごっこ」は言葉としては「優しさごっこ」の逆である。でも、「ごっこ」という言葉がつけば、ある意味なんでも一緒になってしまう。本気でないわけではない。むしろ、とてもとても本気なのだ。本気すぎて恐いので、「ごっこ」という言葉をつけて、自分に折り合いをつけているのだ。そんな、ある意味綱渡りみたいな心模様が、「たたかいごっこ」という言葉を引き寄せたのだと思った。

さて、「気が付いてみると／それほどぼろぼろでもない自分がいる」が、この詩集の結びである。小泉さんよ、まだまだたたかいごっこは続くよ。結構ぼろぼろになると思うけれど、その覚悟はとっくにできているだろうし、それを喜びとも受けとめているにちがいない。

そんな中間報告が、この詩集です。

著者　小泉周二（こいずみ しゅうじ）
一九五〇年、茨城県那珂湊市生まれ。十五歳の時に先天性進行性の難病「網膜色素変性症」と診断され、将来は失明の可能性が高いということを知らされる。以来、生きていく支えとして詩を書き続ける。茨城大学教育学部卒。小学校に十六年勤務した後、母校である那珂湊中学校に勤務。詩「カンソイモ」で日本児童文学新人賞、詩「あとえ」で童謡ダイエー賞、詩「いもむし」で毎日童謡賞、詩集『太陽へ』で日本童謡賞、三越佐千夫少年詩賞。一九九三年より詩の朗読と自作曲の発表を中心としたライブ活動を始める。自主制作CD「誕生日」「おめでとうの歌」。メールマガジン「放課後」を隔週発行。「みみずく」同人。日本児童文学者協会会員。
著書　詩集『放課後』（一九八六年）、『こもりうた』（一九九一年）、『誕生日の朝』（一九九四年）、『太陽へ』（一九九七年）、『現代児童文学詩人文庫9小泉周二詩集』（二〇〇四年）、『小さな人よ』（二〇一〇年）、その他エッセイ集『メールマガジン放課後』（二〇〇五年）『手をつないで』（二〇〇九年）ほか著書、共著多数。

詩集　たたかいごっこ

2020年4月15日　第一版第一刷発行

著　者　小泉 周二

装　画　小泉 純子、小泉 美空

発行者　入江 真理子

発行所　四季の森社

〒195-0073　東京都町田市薬師台 2-21-5

電話　042-810-3868　FAX 042-810-3868

E-mail: sikinomorisya@gmail.com

印刷所　シナノ書籍印刷株式会社

ISBN978-4-905036-21-0　C0092